大片的向日葵

2012—2023

默风 著

陕西新华出版传媒集团
太白文艺出版社·西安

图书在版编目（CIP）数据

大片的向日葵 / 默风著. -- 西安 : 太白文艺出版社, 2023.1

ISBN 978-7-5513-2290-4

Ⅰ. ①大… Ⅱ. ①默… Ⅲ. ①诗集—中国—当代 Ⅳ. ①I227

中国版本图书馆CIP数据核字(2022)第226956号

大片的向日葵

DAPIAN DE XIANGRIKUI

作　　者　默　风
责任编辑　赵甲思
策　　划　马泽平
封面设计　默　风
版式设计　建明文化
出版发行　陕西新华出版传媒集团
　　　　　太白文艺出版社
经　　销　新华书店
印　　刷　廊坊市印艺阁数字科技有限公司
开　　本　880mm×1230mm　1/32
字　　数　78 千字
印　　张　5.75
版　　次　2023 年 1 月第 1 版
印　　次　2023 年 1 月第 1 次印刷
书　　号　ISBN 978-7-5513-2290-4
定　　价　48.00 元

联系电话：029-81206800
出版社地址：西安市曲江新区登高路 1388 号（邮编：710061）
营销中心电话：029-87277748 029-87217872

序

青春弃置的色素与激情

默风是新疆诗人，他写了大量地域意义的诗歌，但纵观他的诗作，题材又是广泛的。他游历天下，阅尽人间万象，简单地把默风归入地域性作家，一定是不妥的。但不可否认的是，新疆的风土人情及他自小的生长环境对作品的影响是深刻的，甚至会影响到每一首诗，包括那些与新疆无关的篇什。这是因为原始的意念和最初的泪水，都是在“观看”中产生的，从而形成极具地域特色的感知空间和个体经验。从一定意义上说，成长和生活的地方之于诗人，不只是安身立命，也不只是美学，更是一种伦理与道德。我在读了这本诗集后，深感他是一个纯净、真诚、敏感又深刻的诗人，他有浪漫的内心，又有冷峻的思考，从他的诗歌中，我们读到更多的是他的澄明、豁达的境界，富有禅意的哲思，淡雅的风范，以及他把激情抑或失意化为绵亘感念的凄丽。从这部诗集的名字《大片的向阳葵》，便可知诗人灵魂的明亮。

“丝路物语”写的几乎全部是西域风光。新疆既是诗人的居住地，也是他旅行观光的地方。诗人对于这片土地来说，并非陌生的过客，他对这里是了解的，视觉对象和个人经验是密切相关的，所以他的写作不会如外来者那般充满好奇和对美景的陶醉，而是能一步揭开其神秘面纱，直视事物存在的内在肌理。如《风语》这首诗：“作为一个行吟者，这些年／他早已习惯奔波和摸黑赶路，在沉寂边缘／和风语之间穿行……面对三十三万平方公里土地沉睡的风／他是风暴中心，亦是最平静的部分／永不会被黑暗吞没。”诗人已然处于“风暴中心”，并非游离在外，诗人描述了风，又成为风的一部分，诗人和故乡的风已然有了默契并彼此谅解：“在塔克拉玛干，你向低处走去／风在变软。你在一抹夕阳里驻足，风也驻足。”风是诗人一路跋涉的伙伴、心灵对话者，乃至守护神。《遥望天山》这首诗则显示了诗人目光的谦卑。天山在西域是神圣的所在，是个纯洁的字眼，它总让自我回到时间的源头。诗人在此对天山表达了足够的陌生，他与观察物重构“距离化”，实则是“自我距离化”——在天山面前，很多呈现充满秘密，但也可能成为新的启迪：“遥望天山，肃穆绵延／那一行茫茫的白里／有蓝色火焰，有前世的梵音和鸟鸣……土地和乡音牵扯着前世的乡愁，沉重而古老／一种用于续命／一种润色信仰// 在迁徙与固守间抉择／世代封存的密码正被慢慢破译。”由此诗人已自觉与天山建构了精神联系和命运纽带，把存在的事物转为内心元素，把世界内化。而另一首《苍凉的土地》，诗人进一步揭示了一个把消失隐匿于现存荒凉之中的世界，但这又是一个深远广阔、已经破碎沙化的世界：“在这里，时间如幻。干涸的河谷／和广袤的沙海／历经千年万年，紧扣潮涌的脉搏／复述着渔火阑珊、海鸥盘旋……这失眠的潮／有着风暴的神秘／暗流滋生桀骜不驯的性格／以及时间的滚烫和磨砺。”

在诗人眼里，那些已经消失或碎片化的遗址，仍在无声地呐喊，它们仍在呼吸：“它的言语收拢于体内，仿佛／心怀禅念的前世。”依然拥有未解之谜和真相，即便是消亡本身也有一种力量并充满魔幻：“灵魂在飞翔／生也辽阔，死也辽阔。”这是一句意味深长的话。

《可可沙，在一块铁渣上得到释放》这首诗中，诗人写了可可沙汉唐炼铁遗址，这片荒凉之地曾是繁华之城。诗人作为一个现代人在此向远古诘问：“那陌生的女子，那腹中的胎儿，是谁／那龟兹城主人隐秘的笑，又具何意？”至此，诗人从美学体验向精神感受转换，而西域这巨大的自然博物馆给现代人以无穷启示，废墟正是观察往昔的制高点，并最终又回归了美学：“我猜想，两千多年前的部落和精神图腾/一定在某处石堆下面，暗流涌动……昏暗与明亮交织的情感，正在一块铁渣上/得到释放，并指认出唯一的温度。”也可以说，西域并非冷漠的自然，它是燃烧过的地方，也曾是力量与美的孕育地和诞生地，衰落本身也是酝酿另一种美和产生无尽秘密的过程，这在默风的诗中已有所构建和呈现。

欲望和死亡总是并行的主题，正如本雅明所说：“‘历史’一词以瞬息万变的字体书写在自然的面孔之上。”废墟既是自然力量的体现，也是文明的主要载体，所以历史呈现的与其说是永恒生命的进程，毋宁说是不可抗拒的衰弱，而作为废墟展现的，便是具有鲜明指意功能的碎片。如《沙漠玫瑰之谜》《胡杨根雕》《一棵躺着的树》《茫茫戈壁》等诗，便是诗人走近这些历史残存或历史痕迹后所写，这些存在物正是已消亡物的显现与隐匿，也是那些再也无法一见事物的隐喻和象征，甚至是时间的重现，而诗人借助诗歌恰好完成了这一“复活”。

“梦在旅途”为诗人云游天下过程中写的诗，也表达了诗人作为“观光客”对于陌生事物的迷醉。在25首诗歌中，有5首是诗人行进中的速记。比如《穿越黑夜》，诗人坐车在公路上飞奔，窗外一片漆黑，一切变得玄幻：“窗外静止的词/一闪而过，黑夜跑了起来，记忆在消逝/车内，所有暗喻都睡了，像抽离身体的/另一个它，悬在沉默之中。”

诗人在几个小时内深切向幽暗处探寻的感觉，其实是时间的聚力，只不过下车后一切便会消解。《绵延的山，此起彼伏》则是诗人行进过程中对窗外一闪而过世界的阅读，纯属独特个人体验。世界因行走而有意义，简单的一瞥，让诗人和目光所及的事物来不及彼此感动就礼貌地分开了，但诗人想飞身抵达，可总不能如愿："而无限接近抵达的 / 是山峦紧贴后背，云雀坠入眼底 / 且沉醉，且漂浮——构成空间的想象力。"从这首诗我们很容易联想到茫茫人海中，我们所阅读过的人，其实绝大多数仅仅是一瞥，永难抵达。诗歌《布达拉宫》《游泸沽湖》《漫步月光城》《大理崇圣寺》纯属诗人的游历之作，但写得风生水起，总比一般观光者多出一份感受，甚至产生莫名的疼痛。游历之作会有许多插曲式的现场经验，但不会有故事，有细节而不是情节，可默风的诗仍体现了事物的内在秩序，尤其在涉及一些神圣场所时，诗人甚至把那些经他描述的事物，隐秘化为诗人自我认知的符号，而对湖水、树木和古城的颂扬，也是美学化的自我确认。诗人同时是画家，这也为其诗作注入异质元素。如《布达拉宫》："在布达拉宫，古老的统治力 / 已不复存在。字典里 / 除了记载历史和硝烟 / 除了酥油灯永明，我替它 / 已俯视大昭寺、色拉寺、仓姑寺……/ 赋予喇嘛一件袈裟，一声佛号 / 让佛心和神性 / 有了可供测度的鲜活和顿性。"

在《游泸沽湖》中，诗人进入了哲学思考："森林低垂

在墓底 / 巨灵朝天的吼声拽住一朵云 / 不变的星星咬紧牙关守在变幻的隘口 / 进行生命哲学的分娩 // 岩石开出花朵，骨头长出森林，淤泥 / 生出水草……”泸沽湖的森林、石头、水草和淤泥等在雾气中，进行了哲学意味的生命演绎，一些事物消亡了，但同时又在孕育新的事物。“原本想横生的枝丫 / 现在变成了一滴水，一片雾岚。”诗人在此建构了万物等同的情境，以及生与死的可逆性的轮回。同样带禅性的思考在《漫步月光城》中也有所体现，诗人在月光城中因其独特的风貌顿悟：“风暴和青春一去不复返 / 但此刻，我更愿意看到这个世界不加掩饰 / 在词语的光芒中孕育、生长。”《白族民居》《大理崇圣寺》写的都是历史遗留物，一为民居，另一为圣地，但它们都是时间的符号，只要它们在，一个历史的世界和曾经的时间就会凝固并接受现代人的触摸和瞻仰。诗人看到了过去的时间，敞开了一个又一个缺口，如同诗人的伤口，袒露其内核。

“纸上村庄”写的是诗人回到乡村、躬身劳作、亲近自然的场景，是自然主义的颂歌。这部分诗，诗人热情洋溢，真诚淳朴。《站在稻田中间》体现了诗人回归乡间的喜悦和兴奋之情：“大片大片的稻谷簇拥在一起 / 蔚为壮观 / 我站在它们中间，像个稻草人 / 略显突兀。但一阵风吹来 / 我僵硬的身体也和它们一样，一起倾斜 / 一起生长，一起披上风的颜色。”诗人认为他的根和本真仍在乡间，仍与庄稼一起成长。诗人在写这些回乡诗时，应有“双重自我”：一是童年的我，二是当下返乡的我。在默风的诗中，两个自我同时存在，并随意识流转跳跃。他迷恋乡村，留恋童年，并非那时富足，而是因为过去简单快乐。诗人重返乡间，希望过去和现在同时存在——当然这是不可能的，因而诗歌中拥有众多活跃的隐喻和形象的不断切换。我特别喜欢《在一棵树下睡去》：“在一棵树下睡去，舒服得要命 / 有风声，有鸟鸣 / 有几片叶子 / 哗哗作响，又静下来的沉默 / 钟声时不时地传来，让俗世 / 有了附着之地……// 大自然的这些声音 / 是我们曾经丧失的语言吗？原本无形 / 却从未中断——被透明的雨 / 浸入感官 / 轻轻抚慰。”

这首诗写得并不复杂，反而像少年的话语，那么天真烂漫。这首诗中“一棵树”的形象，可以说就代表了乡村，这棵树会一直在，一直在长高变老，诗中“在一棵树下睡去”还喻示着乡村老人最后的归宿。默风以四两拨千斤式的明亮语言阐明：这棵树朴素洁净，是村庄的缩影，也是乡民生与死的象征。

其中当然有诗人回忆少年时故事的篇什，如《一只死去的蝴蝶》：“那只跌落在路边死去的 / 蝴蝶，多像我——/ 它瘦小、卑微、绚丽。”诗人借一只死去的蝴蝶，道尽了那个时代的苦难，死去的蝴蝶，喻示的是那个虽绚丽但穷困的年代。诗人在此又引入了“死亡 = 生命”的修辞幻象。

“人间万象”是诗人写日常生活的部分，包括诗人绘画的内容。我认为这部分诗，是诗人对生活的观察、对人生的思考，也是诗人内心之光对外的投射。看起来内容有点杂，但主题呈现的是人间冷暖、底层生命体的奋斗和艰辛。默风是豪爽的，大气的，善良的，也是敏感的，他既浪漫又理性，在永葆一颗热诚之心的同时，对世间真相也有冷静的判断。但无论如何，默风是个诗人，作为诗人的良心是他行走于人间的底线。诗人人品方面的这些特点，已然深入诗中。如《今早大雾》中所写的一场大雾使诗人内心所产生的焦灼：“可是，我分明听到 / 城市的尽头，还有落叶的声音 / 骨头压着骨头，在寂静里越堆越多 / 多到足够覆盖这人间烟火。”诗人的悲悯之心昭然。再如《搬砖工人》：“一个‘人’字，被越压越低。”这句可成经典。《秘而不宣》这首诗虽然写的是一群斑鸠，影射的则是人群。通过《落完叶子的枣树》这首诗，诗人完成了一次对生命的思考，即生命总是在一段辉煌后抵达顶点，然后急转直下，开始凋落，“随风一起过逍遥的日子去了”，直至死亡——这是人生的规律，即盛极而衰，但诗人强调的是“落完叶子”，就有深度了。一棵树自然死亡后肯定会叶落归根，而人在死前也有一个“净身”和“减重”的过程，“一截截变短”即把在这个世界积累的所有（有时包括皮肉）全部交回去。如《清醒者》：“在那里，星星长出骨骼 / 在那里，身体燃烧的火焰，诞生于坟茔……”

在这一辑中，还有《裸体课》《凡·高的〈星空〉》《画静物》等题画诗，因为诗人也是画家，就写得不同凡响，有别样的阐释。我同样很喜欢他的《自画像》，从这首诗中能读出诗人滴血的内心：“我，破碎的、锋利的 / 我的一生，行走在玻璃碎片的利刃上 / 它闪着一道冷光，有时扭曲 / 有时鲜血淋漓。”当然在《残荷》中也有这种“壮烈”的呈现。

“无处安放”呈现的是诗人内心世界的风景，是诗人内心最柔软、最隐蔽，也是最疼痛的部分。这 25 首诗，几乎每一首都给我以震撼，是因为诗细腻而真切的内在光芒。诗人之所以谓之“无处安放”，我想应该是这些零碎又私密的个人情感，是敏感又脆弱的。诗人通过诗歌，把这些情感置于“干枯的玫瑰花”上、云上，“把秘密交给雪”。这 25 首诗可能暗喻 25 个动人故事。尽管有千般万般的不如愿，但这些诗歌总体基调是明亮而积极的，诗人也很善于将自己的主体意识和情感投射到所选定的事物上，并对这些事物进行了变形和陌生化处理，在“荒诞”中求合理，从无序中找逻辑，从而让语言具有穿透力。这些题材芜杂的诗歌，总体看不加斧凿，但从局部细节可见诗人对语言的精心经营和精巧设置。《陌生的地名》写的是画家纯粹的个人体验，通过对“地名”抒情，与现实疏离，把现实陌生化并幻化，表达对某女子的浓郁思恋：“虚无之外 / 他还不忘：把她画得抽象一点 / 把时间写得慢一点 / 夜深人静时 / 再把她多爱一

遍 / 直到想念和磕绊，都种在那里 / 开出一朵血花。”《我们紧紧拥抱，耗尽一生力气》是一首很别致的爱情诗，婉转凄美，貌似平静的语气中透出痛彻心扉的伤痛。“那一年，在七一街遇见你 / 一千颗心脏，都为你供血。”相信谁读到这样的句子，都会为之感动。诗人通过《如果爱过》这首诗，将自己的痴情推至高潮，归于透明，然后凝固在那里。尽管没有大放悲声的激动句式，甚至一滴泪也没看到，但诗人运用象征、比喻等技巧，让这首类似“爱的誓言”的诗生气贯注、诗趣盎然。不可否认的是，诗人很善于在诗中运用绘画匠心，使诗歌产生画面感。如《把秘密交给雪》中写道：“那天，雪落在你的窗台 / 交织、重叠，保持着透明的沉默 / 和柔软的恬静。一个人和另一个人 / 敬拜自由之灵，有了共同秘密。”默风很喜欢“雪”这个意象，他的《南方下雪了》写得轻逸又沉重：“压在心底的石头终于放下 / 这源自一个消息：南方下雪了 / 你走在雪中 / 简单又纯粹 // 时间和事件，把两个互不相欠的人 / 安排到了一起 / 那时，我们都深信：/ 童话里的故事远大于现实。”

诗人还写了《雪国》三部曲，这是一部爱情自传，默风用精练跳跃的语言叙事，绝无抽象空泛的抒情句式，每一行都诚恳而切实。雪国的意象是这组诗的基调，白雪迷人的光泽始终闪耀着，创造了虚实相生、亦真亦幻的审美情境。诗中意象的纵深延伸与拓展，增加了诗歌的历史厚度和社会内容，使个人情史和世间万象相交织，成为独特的意象世界。

总之，默风是近些年西域年轻一代诗人中的佼佼者，他的诗歌作品既有热诚奔放的激情，也有一种内省与沉思的气质。诗人的诗风细腻，又不乏内在锐度，能够在平静的意象中埋设隐微冲突，以传达生命和存在意义上的思辨。同时，诗人用朴实精准的修辞，从细节入手，再行升华之功，从而在诗人和客观事物间建立互相投射的关系，让一种内在的活力得以呈现。尤其是诗人话语中对细节的处理，不仅诞生了自然之美，也揭示了自然之痛，还能从中透出视觉张力。

我相信，这些诗在默风的笔下不仅是立体的呈现，也是深入肌理的延伸。从村庄到山川风物，从文化到龟兹福地，从风情到雪域高原，以切身感受和独特视角道出了“人间之恋”。而这些在他的诗中是直接的，透着丰富的情意和层次感，他既是站在暗中的凝望者，也是走向远方的孤独者。青春弃置的色素、激情，与观物静思之力，正在动静交织中，一步步走向更澄明和完整的生命意识。

是为序。

陈啊妮

2022 年 7 月 31 日于陕西西安

目　录

第一辑

丝路物语

第二辑

梦在旅途

第三辑

纸上村庄

第四辑

人间万象

第 五 辑

无 处 安 放

第一辑

丝路物语

风 语

折叠野性。一年四季的风
吹来吹去，从西到东，从北到南
无处遁形。有时，从体内取出一小片孤独的爱
也会被风快速风干
那虚无的真，像完成了自我救赎

在塔克拉玛干，你向低处走去
风在变软。你在一抹夕阳里驻足，风也驻足
此刻，点燃一支烟
那温暖金黄的光亮，会让空白的大脑
闪出一串词组：亘古河流、前世鸟鸣、粼粼骸骨
作为一个行吟者，这些年
他早已习惯奔波和摸黑赶路，在沉寂边缘
和风语之间穿行

万物在窥视。一粒沙的裂变，或一阵风的酝酿
都是在制造孤独的分泌物
这没有什么不好

面对三十三万平方公里土地沉睡的风
他是风暴中心，亦是最平静的部分
永不会被黑暗吞没

载《诗刊》2021 年 8 月上半月刊

遥望天山

遥望天山，肃穆绵延
那一行茫茫的白里
有蓝色火焰，有前世的梵音和鸟鸣

它时常变幻，放荡不羁
从大西洋的水汽开始，一路漂泊多国
才得以在此安歇
可挣扎的命运，利用闪电这支画笔
常常只作速写

先辈们梦呓里的牛马远行
深邃的瞳孔在荒原放牧
土地和乡音牵扯着前世的乡愁，沉重而古老
一种用于续命
一种润色信仰

在迁徙与固守间抉择
世代封存的密码正被慢慢破译

从沙漠的丘墓到山上的亡灵
唯有那蓝色火焰可以奔流
——自由的河，附着于群峰的黑暗深处
只需一点温度，便可崩裂
以虎啸之势，奔向沙漠之心
化为春雨的气息
孕育出亿万个缥缈的绿体

命运的惶恐，命运的清澈，命运的哀戚——
此刻，都随蓝色火焰燃烧
抵达前世的殷实

载《诗刊》2021 年 8 月上半月刊

苍凉的土地

这片苍凉的土地
有远古的形貌，也有不朽的血肉之躯

时间静止。在这里
荒原、云朵和冰川，来路不明
在这里，像生者接受死者
落日洒满废墟，百花长出骨骼

在这里，时间如幻。干涸的河谷
和广袤的沙海
历经千年万年，紧扣潮涌的脉搏
复述着渔火阑珊、海鸥盘旋……这失眠的潮
有着风暴的神秘
暗流滋生桀骜不驯的性格
以及时间的滚烫和磨砺

掬起一捧沙。这神秘的、荒芜的、古老的
苦难，沉默不语

它的言语收拢于体内，仿佛
心怀禅念的前世
没有人知道，渔火、鸟鸣、雷雨是悲悯的
时光和月亮一样澄明

还好，万物皆有因。灵魂在飞翔
生也辽阔，死也辽阔

载《扬子江诗刊》2021 年第 6 期

诗意沙棘林

船缓缓前行。两岸的沙棘
开始构思用饱满的果实，去填充
时间的虚无
船桨、芦苇、水波，被惊起的水鸟
都是其中的元素
旷日经年，画面被拆卸
又被重新组合。你看，成串成串的沙棘果
黄里透红，像吐露着什么心事
那么真实、深刻
而说不尽的意味
正隔着茫茫霜迹，随时光流转
用崭新的语言，复述这星辰与露水的光辉
摆出一副挺身而出的姿态
这生命的秘密，时间已把握
并教导我，做一个不动声色的男人
就像果实成熟进入某种隐喻
像天空的云雨
被扩展，变成一片诗意沙棘林

载《扬子江诗刊》2021 年第 6 期

词语穿行的南疆

一

天空湛蓝，囤积着南疆的粗犷和高远
云朵随绿洲迁徙
风从风的豁口，道出了西域梵音

几峰骆驼，低头啃食着棱棱草
云朵飘过，鸟儿飞过，天山肃穆绵延
一个画面里的夏天
交出了跳跃的词汇、灿烂的颜色
一沓经卷里少女妖娆

二

牵着一条古丝绸之路，继续前行
漫漫戈壁的血盆大口居然放过
多个希冀之地——库尔勒、库车、阿克苏……
梦想，给了荒芜色彩

给了丝路繁荣
仿佛，那悠扬的驼铃声从未远去

时间的向度，不再被孤立
历史的瞳孔因见证轮回中的万物，而呈现出
永恒的澄澈。你听
一尊泥塑起褶的声响，已盖过所有质疑
让情怀集体失守

三

一个词穿行的南疆
一个额头，是高原上擦了又擦的云朵
一片胡杨，是荒漠里的活化石

现在，我只想把自己变成一撇一捺的汉字
倚着山脉，推着斜阳
与一行驼队，交换背影

走在一条骨感无终的丝路上

四

夜色已深。身影迎风拽过来裂变的枝柯
那身体，在神奇的山水里陈述
在草地上，我们与星星对视
纯净，只用耳语——

山下的灯火，养着细腻的民间
那叙事，一翻身就触碰到了手边浑圆的月亮
似一枚信物。塔河在倾听
越曲折，越让人魂牵梦绕……

载《绿洲》2021 年第 1 期

可可沙，在一块铁渣上得到释放

库车河野性依旧，龟兹夕阳依旧
而那远去的汉唐炼铁的身影，正穿越时空
在峡谷的微光中，尝试着回答一切

地表遍布的一层层黑色炼渣
那是铁的锈味，大地母亲干瘪的奶结
是炼铁人们的血泪升华
我猜想，两千多年前的部落和精神图腾
一定在某处石堆下面，暗流涌动

那陌生的女子，那腹中的胎儿，是谁
那龟兹城主人隐秘的笑，又具何意

冥冥之中，历史的关牒都囤积于此
古城邦的权力更迭，黑与白
昏暗与明亮交织的情感，正在一块铁渣上
得到释放，并指认出唯一的温度

载《绿洲》2021 年第 1 期

在湿地公园散步

在湿地公园散步，会出现许多莫名的冲撞
有蚊虫的，有蛐蛐的
有自己背囊里嘈杂的《城市之音》

红蜻蜓歇于稍高的芦苇，双翅展开
似在求得某种平衡
几只野鸭子，在湖中小岛
扑棱着灰色的羽毛，像在传递爱的信号

这是多么美好的场景
泥土味的天气、跳跃的词汇和未知的死亡
不过是前几天的事情
而现在，都随眼前悠然的生命之爱
在长长的余光中，斜照出一种巨大的寂静

此刻，命运之轮
像衰老一样缓慢，像死亡一样缓慢

载《西部》2021 年第 5 期

塔里木河

不远处的大桥上
仍有车辆闪着方向灯驶过。我身后的塔里木河
像一个独自熟睡的家伙

我不会喊醒它，也不会因喧杂散尽
就怀疑它的本性。在这之前
已有更多人影冲在我前面，绽放在这片苦涩的大地上

人世那么冷。它依然高昂着头向沙漠之心挺进
为一个不竭信念
默默对准时间的枪口，做一个伟大的靶
多少次奔腾，多少次被迫拐弯
多少次期待一个村庄或一个人，搏击中流
在这辽阔的寂静和怀旧的记忆里
折叠着不曾断裂的声音，无奈生活对世界的宽恕

十六团、托喀依乡、阿拉尔、十三团
塔里木乡……沿途的村庄和城市，像另一些熟睡的家伙

这些不可复制的命运，会一直繁衍下去
我越来越相信，我的身体里就藏着一条河流
一些人死去，一些人活着
就是为了在下一个金黄的秋天，收获果香
收获在贫瘠土地上开出的玫瑰，以及孤独的完整

此刻，夜不断加深黑的秘密
在我内心深处，这种情愫亦如塔里木河
只能是神秘的大和深，就像令人敬畏的佛

天亮之前，我不会醒来
天亮之前，塔河依然精神抖擞

载《西部》2021 年第 5 期

天山神秘大峡谷

通向终点只有一条路
路两边层峦叠嶂，每一处拐弯都是那么
惊险、曲折而妖娆

这里，壮丽触手可及
它是一株小草
亦是一面悬崖。那红的、蓝的、紫的
沾满尘世的回音，面面相觑
如一阵突然涌上来的灼热的痛

这里，悲壮托举起来的风景
火焰一样，穿越世俗的眼睛
带着陡峭的荣光，探寻真情和未知
在一组跳动的词中
证明绽放的奇异骨骼，如此单纯

仰望苍穹，我该用什么
填补这中间的时间和距离？我顺着指引

屏气凝神，将整个西域的注脚
都集聚在它的世界里
——刻写过往或宇宙的奥秘

载《西部》2021 年第 5 期

克孜尔尕哈烽燧

走近它，像走近一场战争
走近它，像走近一段虚无

在那高冷的神态里，我隐隐听见
二十世纪的风，还夹杂着天山的虫鸣鸟语
一只燕子的快，溟蒙中靠近前世
仿佛在探秘神圣的根源

而它失去的部分，在风的一次次侵蚀中
变得艺术。远远望去
有寂静的美，也有雕像的佛态

你看，插在它脊背上的木橼
好像一直想展开宏大的翅膀滑翔西去
消失在我们的世界里

这座躲过风雨洪水的烽燧，已不再年轻
此刻，它更像一位沉思的老者

流淌着龟兹的血液，带着满身创痕
在阳光下，静默坚守

载《西部》2021 年第 5 期

塔里木河胡杨

这块土地上，有过一片秘密森林
镶嵌在西域的眸子里
它们重生，死亡
死亡，重生，重复着相同的命运

是的，它们曾经
把自己的叶子举在天上，高傲地仰着头
如今，腐朽，干枯，树皮松动
那份细语缠绵也不了了之
似梦非梦。你看它们身上布满了蜘蛛网
那么寂静
就像蜘蛛记住的那些夜晚

载《西部》2021 年第 5 期

班禅沟赏花

在班禅沟，花美得令人窒息

我以为，错过的美景
会在西去的途中消失。可在这里
班禅沟河淌过三千米海拔，绿意肆意蔓延
花开到河的四周，以点、线、面
排列出不同的景致

它们持续绽放魅力，与时间碰撞
花香流淌着蜂蜜的浓意
交汇是红色的，交融是斑斓的，欢喜之梦叠映
有如班禅沟的古拙之心、恢宏的伟力

载《牡丹》2021 年第 11 期

龟兹美女

那么多文物沉睡着
石器、陶俑、古币、泥塑、壁画
只有龟兹干尸
如沙漏，还原着清晰的时间脉象

骨架，是嵌在泥土里的证词
是印记，打开了龟兹古城的千年之美

寺多，僧多，商贾多。是一种
龟兹乐舞，将八方旅人
带入慢节奏，尽赏龟兹美女的婀娜风姿
和沉寂之美。不时
音乐低缓，舞者露出小腹
不时，青羽坠落，搅动着人间烟火
那么温柔、恬静——

绵绵香黛，不再背负过去的耻辱与荣耀
不再溢出本真，附和众人

绝美如幻。这与世隔绝的璎珞
可否放走一盏许愿灯，捎去今世的消息
让我穿袍服、束腰带
迷醉于胭脂香间，阅尽人间春色
慢慢，慢慢走成旧风物的一帧

载《绿风》2022 年第 2 期

克孜尔千佛洞

拾级而上的佛窟
在一面崖壁上，错落排开
一万多平方米的壁画，历经十八个世纪的
轮回，让明屋塔格山开始生动
让石头有了禅意
如今，我来到这里
参观每一个洞窟，怀揣每一幅壁画
于历史云烟中，那些意念
开始复活：飞天传说、舍身救猴、降魔变……它们
或立，或蹲，或腾空
构成了动画
在幽邃诡异的色块中穿行。仿佛那些情境
正散发出辰砂的味道
安详、绵密、警醒，还保持着
一黏一合的锐痛。此刻，我与一幅壁画对视
它隐于一角，语焉不详
却穿透了历史土灰色的石壁，与鸠摩罗什
一起见证着西域的风起云涌
和佛门往事

沙漠玫瑰之谜

在印象蓝泊湾生态园，我一一辨认
它们——苏铁、佛肚竹、香蕉树、兰花、五色苋
这些来自热带或亚热带的植物
携带各自的命数，在沙漠腹地扎根

鸟语迎瑞，繁花盛开
雾气缭绕，温润着四季之美
一串红、甘蓝、木槿
争奇斗艳，只是遍寻不见——沙漠玫瑰

想来，沙漠玫瑰已
化为一捧沙，或一阵风
加印于古生物、藻类和植物的化石
加持地球演变的日常。千百年来，它一直
在等待裂变、生长、衰老、结晶
等着承接
一代延续一代的风雨
滋养古老生物的质变荣光

寻根觅源，一株沙漠仙人球与之相近
它暗藏柔韧，针刺尖锐
却被赋予长久的美学内涵，成为
沙漠标本之幸。已多年

载《江南诗》2021 年第 5 期

胡杨根雕

在刀郎部落，我看见
一木匠正以精致的刮刀、缜密的心思，雕刻
一根胡杨木，它露出的骨头
被赋予深刻的美学内涵

兽脸、石印、星图、植物形
历经千年万年，才“天生我材必有用”
它们形态不一，却在
各自的命簿里，驮起了整座森林

那时，树木繁茂，鸟鸣清脆
小兽出没，繁花盛开
胡杨木的香味正一点点围拢过来，融入鼻息
沁入骨髓，温润而甜美
寂静和孤独
镌刻于凹进部分，或伸展的枝条上，留下
天然形貌，变成古老的树疖

那时，胡杨的寂静
是塔里木河的寂静，它一再融入身体
像另外一条河流
秘密奔向不可知的远方

那时，胡杨何其有幸
历经时间裂变和与命运抗争，终成逼仄一线
这与世隔绝的宁静，如一处
远古圣迹，映照着历史的空无与孤绝
再度醒来——

火红的山峦

几乎找不到这红色的
火焰了。它们连成一片，肆意燃烧
去填补时间的裂隙
玉禾、琼草曾扎根于此
鱼贝、鸟雀它也喂养
可现在，它们呢？我要以什么词
为这片火红命名
夜色飞驰、流逝。山崖下的一片芦苇
戴着时间的面具，用一双沉默的眼睛
收割着火语的亡灵

静默的火焰，燃烧着通体的山峦
那些遗失的章节
正以微弱的光，照亮黑暗的堆积和演化
有如一尊火菩萨燃彻疾苦，让万物
有了沉寂归属

燕子化石

一块燕子化石
寂静，斑驳，悠远。上面布满了
前世的鸟鸣
潮湿的、飘荡的云朵，向四周徐徐漫开
它知道，有些雨水代替了星辰
它知道，一些活着的人
活着的植物，活着的山河……将继续热爱
以多种形式，为美和风暴命名

它还知道，有些翅膀
掌握着未来
历经千年万年，仍会在石头里复活
以深沉、坚硬的方式
等待飞翔

那股清凉是野的

黑暗是野的，泉涌是野的
时有气泡冒出
也是野的。那些以野命名的词
承受不起太缜密的推敲
它们正修正着时间的进化
等孤独的战栗同步上升，收拢起翠色浮云
以观时变。在九眼泉
情愫的萌芽总有一天会长成参天大树
如果暂停，一切归于平静
如果继续，谁将处于被拯救的位置
在暂停和继续之间
出于本能，泉口旁的一棵百年老柳
卸下世袭的尊严，跟时间讲述遗落在人间的星辰
与莫名的怀旧交叠
读完清晨，读星夜
读完蓝天，读隐秘的清凉……一只小鸟
倒映泉中，叽叽喳喳
每一句都是谜语

午后，塔村安静下来

午后，天空湛蓝。风是安静的
假寐是安静的
一场预谋中的暴雨，是安静的。窗外
一排排翠松屏住呼吸
潜滋暗长。而鸟雀休憩枝头
梳理着羽毛，多像一幅画
留下片刻动容
这个场景，发生在不远处的山坡上，装满期待
那时年少，梦刚绽放。我们如破茧的蝴蝶
振翅，热爱着周围的一切
那时，坡下有一条小河
还没有合适的名字
就像很多没有名字的花草一样，怀抱着世俗的
新鲜和明净。河即河
花即花，草即草。不狡辩、不反抗
现细想，挽留或驻足
凝视一切事物的初始和临终
在其心底，都不过是
虚无的时间回到虚无，并长出褶皱

一棵躺着的树

在神木园，一棵上了年纪的树
被虫子掏空了躯干
它躺在地上，生出了新的根系

现在，它有着最稳的根。我为它
以做梦的姿势活着而庆幸
那些从梦里抽出来的枝条，被一脉传奇的雪光
划开了双眼，白云、青草、湖泊
把丰美的身姿束成密流

那么拥挤、稠密，它的声势
已盖过所有脸庞。游客们走走停停
每个人都想坐上去
跟它合影留念，试探一下它的坚实

可我，只想靠着它
用体内澎湃的春潮，代它哭泣

匍匐的野西瓜

在库木吐喇千佛洞
一株野西瓜安详如佛，呼吸均匀
匍匐在崖壁上。是的
它让尘世远离战争、覆灭、倾塌。弯曲的大地
垂死的河流，星辰的照耀
随着野西瓜渐渐成熟，汇入纹路的旋涡
对着深邃的夜空瞪圆眼眸
只有它知道斗转星移
知道更多的秘密
带着深渊般的谶语和神示，在黄昏里
反复折叠又展开，让世界
成为一部哑剧——虚构出人间和秩序

茫茫戈壁

灰色，是温暖沉寂的
隐约，是清透遥远的

在神木园戈壁，水雾与太阳的光辉弥合在一起
达成某种交融的默契
坚韧的骆驼草，惊异的壁虎
彩色的沙砾，干枯的流沙河
和沉迷的我，都被收拢其中

那一刻，我是走失的沙砾
如同造物主的安排，在这荒凉的放荡不羁中
经历雨水、狂风
经历本能与大自然的抗拒

那一刻，戈壁深处盘踞的骸骨
时有回声，谦卑与尊严
在驰骋，在西部的大漠中落下来
万物生长的光线，在荣耀的光辉中落下来——

入选北岳文艺出版社《汉诗三百首》2019年卷

修剑把

这是一把年代久远的剑
因被埋地下，生出了褐色的锈斑

现在，这把剑只剩下
剑把和些许剑身
剑尖在长眠中，与土同化了
我小心翼翼地用刮刀
刮去附在剑身上的泥土
那锈斑，像几千年前皇室的笙歌乐舞
活跃在一脉相承的词里，朝夕闪烁

这赐予我力量的剑
生活、姓氏以及假设无法返回的地址
兴许正是一种隐忍
在聚光灯下，才如此锋利、精神

死亡鼓动着迷失的精绝
消失的记忆，走在扑闪的路上

入选华文出版社《当代文坛名家代表作》

秦兵马俑

秦兵马俑坑的兵阵
依旧按指令站立
只是时间的光影，在几千年后暗淡了许多
留下的智慧，多数时候
是黑暗对抗黑暗，与命运争芒

历史在多少场战争中
催生出这些栩栩如生的面孔，比佛更镇定
比每天参观的人更具魔性
将一段空白遗留在时光的渡口
浓重的硝烟亦如这些俑片，握住了静止的心

马蹄声已走远，但骏骥的勇士并未走远
我听到骨骼里轻叩的声响
仿佛呼啸的鲜血，正淬炼出爱和力量
捧出新王的模样
站在高处，指点江山，民喜谷丰

第二辑

梦在旅途

穿越黑夜

多么虚幻。窗外静止的词
一闪而过，黑夜跑了起来，记忆在消逝
车内，所有暗喻都睡了，像抽离身体的
另一个它，悬在沉默之中
可它不知道，时间尽头
有更多风景，缩小或放大的人和现实

公路延伸着，有叙述者所需要的所有构造
最初的热烈，试图通过
天边的星子，看到不一样的尘世
以及被抵消的河西走廊

载《中华文学》2022 年第 3 期

龙羊土林

这注定是前世的福报

那些躺着、坐着、立着、思考着的土林
姿态丰富，妖娆动人
经历了无数个春秋
才修炼成动物、利剑和人的形貌

“与天地兮同寿，与日月兮同光”[1]
在命运的冲刷之下
堆积和陷落的声音不断敲打着它们的棱角
恒久地绽放出了奇异骨骼

此刻，它们是那样原始
一切安静而热闹地长出了
时间界限，并下意识地随地球自转搬动自己
在这里，活着和求生

---

① 出自屈原《楚辞·九章·涉江》

是两个暴烈的动词，兀自孤独着

在这里，亿万年不算长
恰好让一片土林完成蜕变

载《中华文学》2022 年第 3 期

停歇格尔木

一次次，穿越荒漠
一次次，潜入时间的附属地，跟着梦
陷入深渊
在格尔木，我第一次
领略到时间的虚无
和纯粹的白。于三千米的海拔
这种朴素缓慢的过程，孤独而透明

有时，是无来由的
有时，是在另一种分解中

有时，需要卸下包袱
不断补充或交割，用无数纷扬的雪花
构造事实
一半，立于天地
一半，立于虚空

载《中华文学》2022 年第 3 期

雪中牦牛

不远处，一群牦牛就像一块黑石头
—— 一块移动的黑石头

风雪中，它们如此醒目
一个个深刻地
照亮这狭窄的世界，静谧，孤独
这使我确信：天地之间
总有些东西，倔强地挺立
它们的家园
和我们畅谈的远方的故乡一样固执光明
这承受荒芜缺氧的休憩之所
藏着梦，也装着爱

我们渐渐远去。再看那群牦牛
更像是悬念，隐遁在唐古拉山镇——

载《中华文学》2022 年第 3 期

盘山路

有人说：一条路
有一条路的劫数
它活过来，就有一个梦通向远方
它死去，就有无数块石头崩裂
然后坠入深渊，万劫不复

一路上
始终是一辆车，一个人
在茫茫飘雪中，不问来世

载《中华文学》2022 年第 3 期

那纯净的蓝

在四千七百米的海拔，纳木错
是另一面镜子
那么多山峰，耸立在蓝中
变幻莫测。有时像菩提，有时像靴子
有时什么也不像
简历除了前世的生死和鸟鸣
除了高贵的天空
没有谁能够证明
这古老的空间，定位和走势
是物质的——永恒的蓝充满隐喻
映照着各个朝代

载《中华文学》2022年第3期

布达拉宫

湛蓝下，风在打盹，云在飘荡
时间是有形的

在布达拉宫，古老的统治力
已不复存在。字典里
除了记载历史和硝烟
除了酥油灯永明，我替它
已俯视大昭寺、色拉寺、仓姑寺……
赋予喇嘛一件袈裟，一声佛号
让佛心和神性
有了可供测度的鲜活和顿性

我非圣徒，不会为藏王
呈上香火和供品
也不会长跪不起
我只愿占据这宫殿
在有生之年，替命运挂上五彩风铃
只要风一吹，就深刻，就辽阔

载《中华文学》2022 年第 3 期

拉萨的冬天

这个冬天与以往的冬天
没什么不同
老了一岁的树和摆摊儿的小贩
在雪天各司其职
忍受着漫长的单调

那么多花瓣落下来
像雪片那样，反复落下
成为不朽的语言
前年，去年，一些人辗转于不同的
地理位置。他们是否
还记得北纬 29° 36′ 的热烈，与另一些人
推动身体里幽邃广阔的宇宙
并赞美它囚笼般的护佑
它不停运转
每一刻，在诞生
也在陨灭——而外部的黄昏正在赶来

载《中华文学》2022 年第 3 期

登拉日宁布山

拾级而上，随行的朝圣者
络绎不绝。他们
太孤独了。他们像划燃一根火柴那样
与天地对抗，骨头发出
刺啦刺啦的声音，成为加持
和被加持者。其中一个喇嘛
默念："在人世
难过的时候，就望望天空
天空里什么都有。"不承想，我们都站在
另一个尘世看世界
一边默默赎罪
一边读懂一种物语，心生欢喜

载《中华文学》2022 年第 3 期

转经筒

转动一周、两周、三周……可供他们
走的路，从经书、唐卡上显现

成为一种仪式或信念
入佛身，时光静好。入佛念，一切皆空

静净而拜：福报远在来世
不是最初那个人，也非最后那个人

载《中华文学》2022 年第 3 期

漫步尼洋曲

说是水，定是芒雄拉山的水
说是蓝，云朵漂浮其中，有山之蓝

亿万年来，我看到
它以强植性的趋势，醒于梦又复于梦
用纯净治愈伤痕
用奔流命名歧路
如此往复，一生向佛
向人世展现它的圣洁和神性
贴画一样，贴在了
青藏高原的命脉之中。已多年

载《中华文学》2022 年第 3 期

黄昏时的林芝

夕阳西下。所有事物
披上一片金黄的时候，它比镜子更真实

心怀信仰的人，胸腔里
有万物的倒影
有鸟鸣、尘世和未来。那一道道斑斓
在天空飞翔
在地上沉默
在时间里奔跑……被生命剪裁得
那样生动，一点一点
积攒体内幽微的火，吞吐锋芒

此刻，我向天边走去
佛、鸟、牲畜、植物，也不由得转过头去

那样子，仿佛都是好时光

载《中华文学》2022 年第 3 期

集合所有沉默，一路向南

坠入，或者向南
雅鲁藏布江如一条丝带，飘在群山之中

有时猛回头，徒具其形
身体里的水，说出余温的一句
有时走向极端
如果跳下去，在各自的深渊，是否安好

不被善待的事物实在太多
我只愿意
集合所有沉默，不断翻滚，顺势而下
一路向南，流经印度、孟加拉国……那时沿途
一定有一棵麦穗认识我
说着熟悉的暗语
做着异国梦

在某个夜晚，品酒，叙旧，抬头
看着闪烁的星星——那也是我们

载《中华文学》2022 年第 3 期

回到林芝宾馆

从巴松错回来，已经很晚了
打开灯，我从镜中
找到了自己。好像我从未离开过住处
却知道野外高悬的风
刮起过什么
牵着路灯的人，不停叫卖
赶车的人携着包裹，冻得直哈气……
他们在风中不说话，他们被夜色覆盖着
影子交错在一起
露出艺术的“疼”

如果可以，来世还是
做一棵树吧！任寒风吹彻，人情冷漠
都不悲不喜

载《中华文学》2022 年第 3 期

绵延的山，此起彼伏

穿过一个山洞又一个山洞
仍不见平坦的地势
想必，它们都根连着根吧，密密地
交织着，握手，拥抱
成为一家。白云扑进怀抱
雾气置身其中，至于散进来的一点光线
不过是一株草，或一棵树的
养料。而无限接近抵达的
是山峦紧贴后背，云雀坠入眼底
且沉醉，且飘浮——构成空间的想象力
愈发飞离。就像这座被神化的“四姑娘山”
引导我
尝试着，从一面崖纵身一跃

在一片金黄中飞驰

进入成都平原
汽车在一片金黄中飞驰
这盛大的花礼
让我们集体失语。唯有慢
在祖露，轮回
成为画家笔下的一抹
在众生中，反射着一丝光亮
而窗外，一位老人蹲在田埂上
眯着眼睛像是在看
又像是在听
上了年纪的他心里清楚
要不了多久
他就要收获蜂蜜
菜籽油
还有黄金

游泸沽湖

船在前行。阳光落下来很轻
云朵浮在湖面很轻

山和雾气一样，很轻
肩头，囤积着苍鹰的战栗
眼眶高深，蓝天嵌入胛骨
时间从时间的豁口
道出了女儿国的神奇和过去

森林低垂在墓底
巨灵朝天的吼声拽住一朵云
不变的星星咬紧牙关守在变幻的隘口
进行生命哲学的分娩

岩石开出花朵，骨头长出森林，淤泥
生出水草……在这般好景里
蜕变限制了我的野性
原本想横生的枝丫

现在变成了一滴水，一片雾岚
以隐喻的方式，让情怀失守

——多么美妙
树木、游鱼、水天一色都成了天籁的一部分

载《湖南诗人》2020 年第 4 期

被讲述的花朵

那些蓝的、紫的、微黄的花朵
在一阵风中，摇曳身姿
构成了一幅动态油画
已经八月。它们仍极力绽放自己，那些
从词语中走失的，恍惚间
回到某个瞬间，像从时间的秘密里
取回些什么
不断闪现、倾斜、生长
在一缕花香中，真实又致命

这与季节无关，与讲述无关
人世最轻盈的风景
正在古老的馈赠中，交出幻觉和想象

载《诗歌月刊》2022 年第 7 期

漫步月光城[1]

其实，人活到一定份儿上
所期待的也越来越少。万物在傍晚的
霞光中，虔诚祈愿
我相信它们是发光的金银
相信一枚叶子，在时间的打磨中
比金银高贵，比青春持久

风暴和青春一去不复返
但此刻，我更愿意看到这个世界不加掩饰
在词语的光芒中孕育、生长
清除灵魂的杂质
让一个人的宇宙生出佛性

当生活不再虚伪
当想象变成现实
当我们转动经筒，默念佛号一百二十四万声时……

---

① 月光城即为独克宗古城，在云南香格里拉市境内。

寄明信片

石卡雪山、纳帕海、蓝月谷……
定格在一面墙上
这些明信片，或被收藏，或即将被寄出
抵达另一种幸福。我取下一张
仔细琢磨着：写些什么好呢
又寄给谁呢
——那些秘密的、柔软的瞬间
曾一度恍若勒紧彼此的命运，而今
却松开了。你在北方
我在西南，这中间燃烧的风霜
无限接近词的根部
抵达这世界的低语
当我写下：“既是礼物，又是折磨。”

白族民居

天地间，似乎只剩下两种颜色
白色的墙，灰色的瓦
这种幻象，游于虚境，互为风景

固封事实。果核在幽暗处聚集
丹桂、山茶、石榴……它们活在历时性
既定的结构里：丹青从纸上溢出——

只等雨慢慢腐旧

盛大之下，天空飞翔的鸟
将一块幕布剪破
我猜想，那只鸟一定欢畅于某段虚境
在召唤一场雨：由北向南
昼夜不停，有秩序地下着……
雨，淹没了我们被照亮的部分，也取走了
我们之间的荆棘
——无限接近真理般的启示。好像
所有暗示，都源自某种声音
下沉的历史在一块甲板上
其次在洱海里

船缓缓前行，我们什么都不做
只等雨慢慢腐旧

大理崇圣寺

崇圣寺以圣者之姿活着
从唐朝到现今
有九位国王，不爱江山，不恋俗世
在此修行。如今
来到这里，挨山塞海，香火缭绕
木鱼声不时传来，落入人间草木
仿佛一切都没有中断过——
在寺塔与村庄之间
在晨钟与暮鼓之间
一只燕子，循着古老的空，声声啾啾
抵达禅世

品三道茶

品第一道茶，略苦

品第二道茶，微甜

品第三道茶，回味悠长

我们之间，像隔着无数场雨露，以及

鸟鸣、阳光，去奔赴一场盛宴

不受指责的草木，在杯中翻涌

与整个世界轻微地旋动

“多美呀！青黄杂糅，

这完美即死亡”

——瞬息的浮沉之中，或消隐，或靠近边缘

不过是一个具体脉象

传递着一点古老、浓郁的气息

骑 象

一排象印，在散进来的
一点光线中变得饱满。在这之前
它一定大摇大摆
以一具肉身——七十五公斤的重量
反复吞噬着“失重”这个词
已然变形的日常
在群山后退中，接纳着确凿而执着的出处
它是黄果、冷杉、七叶树
亦是苏木、翠柏、蓝花楹
它们生长的声音
是它行走的声音
在某个黄昏，坚实有力
而波光之上，人世的愚弄，已让
大象太古意
骑，或者圈养，不过是一种命定——
栅栏有着无辜的歉意

第三辑

纸上村庄

清理庭院

回到乡下，庭院破败不堪
所以首要任务就是：清除杂草、野花
让不曾失去的恢复生机

可母亲说，这样蜜蜂、蝴蝶
就找不到家了

母亲又说，我们有我们的生活
它们有它们的世界
还是在旁边空地再盖一栋房子吧。那样
每当春天来临，门前就会
多一些色彩
静静开放在陌生的清晨

诸事皆宜

一天下午，庭院祥和、安静。光影
慢慢移动，诸事皆宜

几只小猫在院中嬉戏
怡然自得。有时来到池塘边，看见水中
飞过几只鸟，便会扑上去
想一探究竟。但水面很快复原
白云飘过
夕阳西下
天上的事，它们也想知道

菜园劳作

周末，回到乡下
院中空无一人。来到菜园
看见爸妈正弓着身子
认真地采摘蔬菜
番茄黄里透红，辣椒舒展无痕，黄瓜
曼妙修长……满满一箩筐
带着泥土的气息

万事各有殊途——
这辈子，他们就喜欢和土地打交道
种瓜得瓜，种豆得豆
殷实的土地，没有谎言

大片的向日葵

再没有这广阔的金黄了

在荒地农场，成片成片的向日葵
像被施了魔法一样
尽情地绽放。真相是：如果抽去它的
金黄，就剩灰白的光晕
就是死去的太阳

这情景，春天有过，夏天有过
仿佛地球上所有的光照
都集聚在这里，谎言般充满喜悦
成为大自然美学的一部分
抽象的，倾斜的
不确定的，深渊般的……

这使我深信：它们会无限轮回
消逝，只是一种行为艺术

载《绿风》2022 年第 2 期

站在稻田中间

大片大片的稻谷簇拥在一起
蔚为壮观
我站在它们中间，像个稻草人
略显突兀。但一阵风吹来
我僵硬的身体也和它们一样，一起倾斜
一起生长，一起披上风的颜色
哦，原来秋天
这么年轻。几只麻雀落在我肩上
东张西望，有着窥探果实的喜悦
可它们不知道
在阵阵暗香中浮动的，才是
整个秋天的信仰

陪一只蜗牛漫步

确切地说：缓慢亦有智者
在一个午后
在一只蜗牛身上，我看见那缓慢的时光
从东到西，悄悄流动
多么美好！当我们在人间漫步
我也是其中一只蜗牛
爬爬停停，不时递给时间一些词汇
让我看到花朵、树木、飞鸟……
不停扩大季节的空隙
而引渡夕阳
这让我相信：快乐也是一种填补
在初夏的夜晚，明亮起来

在一棵树下睡去

在一棵树下睡去，舒服得要命
有风声，有鸟鸣
有几片叶子
哗哗作响，又静下来的沉默
钟声时不时地传来，让俗世
有了附着之地……

大自然的这些声音
是我们曾经丧失的语言吗？原本无形
却从未中断——被透明的雨
浸入感官
轻轻抚慰

一棵枯柳

水渠旁有棵柳树
已枯死很多年了。父亲却不忍心
把它砍掉

因为春天，总有几只喜鹊归来
在上面筑巢
叽叽喳喳，心照不宣——

爷爷栽的杨树

已经很多年了，再未踏入
这片故土。想必，那排杨树已长得很高
像巨人，守护着一方天地
那年，我七岁
我站在坡头，看见爷爷
佝偻着身子，将土装进一只簸箕
端着两耳，把土倒在坡外的低处
如此往复，一趟又一趟
我离开了太长时间
但我并未忘记，现在
世界只剩下它们，和我。在树荫下
僻静的凹口，抵达一片叶子的内部
那些叶脉，时而清晰
时而隐秘：坚守到最后一刻——飘落

播　种

父亲站在坡头，看着这片土地
心里犹豫不定
是种小麦、玉米，还是棉花
如同一个人漫长的苦难
在你看不到终点的地方，只有开始
很快，父亲听同村人说
预测今年玉米价格不错，还省事
然后，父亲种下玉米
所有这一切，就这样种下去了

——长天阔野，沉默无边
是怎样的一些人
正背负着命运的天空，改变生命的走向

有时……

在乡下，什么都是慢的
有时，因为一堵墙，风会翻卷、打盹
有时，盯着一朵花发呆
因为甜蜜，而不断接近真相
有时，无所事事
在路边找一块石头坐下，拿起枯枝
在地上随意乱画，想
这些纹路是我们人生的沟壑吗
走过这些年，我常怀疑这些沟沟坎坎
就是自己。只要风一吹
就被抹平，就要纠偏——浑身骨头
发出嘎吱作响的声音

它们也有信仰

昨夜暴雨。以致托什干河的水
浑浊不堪，泥沙俱下
我们在不远处干活儿，临近中午
口渴难耐，来到河边我掬了一捧
慢慢饮下。那一刻
雨、雪、寒冰……寄托于闪电和雷声之后
在胃里泛起旋涡
隐隐作痛。没有人知道
它们也有信仰，就此和我拥有了
全新的一生

捡石头

这几年不停地在大小河道
穿梭。感觉自己
都要和那些石头融为一体了

今天，很早来到托什干河
清晨的雨露
使河床温润了许多，很多石头上
布满水珠，让其原形毕露
各种图案、纹路、色彩，像活了过来
我暗想，如果真变成一块石头
该有多好，只和水相爱
不再有复杂的情感
不再有肝胆脾胃，甚至后悔
最重要的是
每逢喜怒哀乐，只剩下铁石心肠

烤土豆

大大小小的土豆，被我们推向深渊
那味道，已回味无数遍了

只见火苗吐着无数只舌头
像要吞噬一切
把土豆包围起来，似困兽
我甚至感觉到喉咙里，有它们急促的呼吸

但最后，土豆只能放弃抵抗
它们被土块包裹着，被高温包围着
在狭小的空间释放能量

当绝望打开它们的胸膛
那些刺骨的痛，都变成了浓郁的香

做木工

受困于生活，父亲不得不
捡起看家本领。每天推着沉重的刨子
烟，一根接一根

有时累了，就抬头望望天空
云飘来飘去，太阳寂寥又悱恻
可这些跟他毫无关系

只有推刨声，是他单薄的梦
看着一根根木头露出年轮
汗液之涩，才完全理解了生活的意义

一把镰刀

镰刀挂在牛棚的一角
或许是很久没用过了
它的锋芒
被一层层灰尘蚕食，不再锋利

现在，它的主人
正在城市的洪流中逆流而上
倒睡在金属床上
憨憨地发出熟悉的呼噜声
和它一样
在梦里，守着半壁江山

深秋的沙枣

深秋，沙枣树上的叶子
全都掉光了
枝头的沙枣，黄里透红
像有什么心事，在寒风中默默吐露

如果，此刻爱情降临
我一定偷得那一抹红
把你留给我的爱
慢慢破译，慢慢念想

麦草垛

这些麦草垛上
有过眼泪、油渍、血迹、仇恨
有过我们的童年
有过爷爷的呼噜声
多数时候，我们都会把它点燃
让其在寂寞的夜空发出光亮

一直觉得它不说话
跟我们是两个世界

但在昨夜，姑姑走之前
一直在和病魔抗争
姑姑抱着麦草枕头
不停地咳嗽，咳嗽……
就此咳断了一家人完整的日子

扫墓路上

来到一片沙丘，风很大
那里埋着一家两代人的血骨

知命之年的父亲，走在前头
我跟在后面
忽然，父亲停下来问我：
“你看，这里的风水怎样？”
我瞟了父亲一眼
父亲顿了顿，没再往下说

走夜路

夜晚，我们沿着
月光铺就的小路
一直走
一直走
路旁有沟渠、野花和白杨树。它们
都是夜行者吗？它们不说话，它们
有优于语言的表达方式：
兔子跑过
树影悄移
时间从时间身上，找到一个
可触的点，从内部深陷

草尖上的露珠

事实上，一滴露珠
才是世界最初的模样，清晨
它们越积越多，越来越饱满
更多的草木，在露珠的形态里生长
流淌，消融，如一面古老的镜子
饱含对生命的理解
它们来自哪里
又消失于何处
而美和真理，往往先于客观认命
我知道这无法抗拒
我知道时间正在暗中窥视
在慢慢地，成为光芒的一部分

载《诗歌月刊》2022 年第 7 期

母亲每天送来一些茄子

已经初冬。屋前的茄子
仍开出淡紫色的花
在寒冷中，抵御寒气的暴力

这是难以置信的。在时间的边缘
从记忆里分离出
一种缺血的饱满。那时母亲
对她种的茄子温柔至极，定期记录下
它们的生辰和生长状态
为此，我常调侃母亲：
它们可比你的儿子都亲呀

可我哪里知道
母亲每天送来的茄子，是另一个她
是生活到极致的状态

其实，母亲就想听到我那声“哇”
而遗忘，却留给我们某种贫穷
让其感到羞愧、缺失

载《散文诗世界》2021 年第 3 期

一只死去的蝴蝶

那只跌落在路边死去的
蝴蝶，多像我——
它瘦小、卑微、绚丽。被一阵风刮起
又落下，多像这些年一路
走来的我。而道路两旁
草木簇拥，叶脉渐深，陈述着
一种修辞学：万物轮回。那不是死亡
那是新生
是无数骨头
抛之于自由之外的疯长
世界因此而赤裸
我因此从一只蝴蝶，找到了色的余韵

我与一棵树

在山丘上
我们并排坐着望着远方
它不说话，我也不说话
彼此沉默
彼此深刻……

给杂草打药

它们都有好听的名字：
蒲公英、千金草、小蓟……
它们越长越高
与棉花争抢空间。但不幸的是
每隔一段时间，父亲
就会给它们打药
不几日，它们就变得枯黄
奄奄一息
我知道，世界每天都在增加不幸
沙化蔓延，物种灭绝，河流干枯
处处沾满血污
但我相信：万物轮回
终会有迸发的那一刻
来年开春，我会看见那些好听的名字
再次长出
绿油油的一片
那一刻，我欣然而泣

第四辑

人间万象

今早大雾

大地上的事物各有殊途
走得越深入就越孤单，就像
今早的阿克苏
被大雾笼罩着，如一个冷美人
从家到单位，我看见
大地如纸，纸上的霜
肆无忌惮地蔓延
爬上路灯，爬上高楼，爬上行人的
目光……可是，我分明听到
城市的尽头，还有落叶的声音
骨头压着骨头，在寂静里越堆越多
多到足够覆盖这人间烟火

载《星星》2017年第12期

搬砖工人

夕阳西下。经过“东湖映象”
高楼拖着长长的影子，将生活
切开一道大口子
藏进所有的失去和无可企及
几名工人，弓着身子的背影还在晃动
往脚手架上搬砖
汗液湿透衣服，目光呆滞
和那些砖有着相同的肤色和脾气
他们被时光填充的身躯中
有落花细雨，亦有烈火猛兽
可生活的负担，让他们
无法挺直腰杆儿
只能默默地往岁月深处搬运自己
一个“人”字，被越压越低

载《西部》2021 年第 5 期

捡花记

和往常一样，跟露水早起
它带给我希望，带给我最朴拙的印记

在那白与白之间，我俯下身子
就像跨过一道鸿沟
对世界不解时
便会陷入自然规则之中

我们所爱的，要寄托的
此刻，正如这些白。那动人的愤怒
和大雪般的洁净，在溢出的秋意中
会将你的灵魂重新安置
空气静默，田野芬芳
它目睹了一个人缓慢长大的过程

那时他羞怯，执迷于一片空旷的孤独
一片白的身世

载《西部》2021 年第 5 期

落完叶子的枣树

也许是命运的特殊安排
枣叶到了生命终点，便离开枝头
随风一起过逍遥的日子去了
而围在枣叶周围的果实，此刻是那样夺目
你可以想象果肉从深处裂开时发出的脆响
像触摸到了它体内的年轮
正一点点，诉说那若有若无的往事
那年，爷爷病重
烟量有增无减，眼看着自己一截截变短
那年，荒原风吹过我
正好与一个逝去的人荣耀重叠

载《西部》2021 年第 5 期

冬天，我们围坐在一起

跟往年一样，下雪天
一家人各司其职，母亲在灶前炒菜炖汤
父亲往灶膛塞干柴，我和妹妹
为了一只唐老鸭，争得死去活来

父亲并未制止。父亲只忠于手中的干柴
忠于眼前的火焰
好像那些苦难岁月正放慢脚步
等待被属于它的土地认领

而他们泥染的身子，与天地融为一体
弓身，如祈祷
恍惚间，我看见那暗藏的根系，一直扎根于西部
你知道，他们当初走进去，一直未回归

载《西部》2021 年第 5 期

一群羊并未发现危险

深蓝下，一群小山羊
就是一团白云的轮廓，闪电的轮廓

它们缓缓移动，认真啃着青草和阳光
吸收着成长的词汇
慢慢膨胀起来
一个季节的孕育
在它们身上，呈现出新的诗意

可事情并非如此
突然，一辆汽车从远处驶来
正逼近那些白云似的生灵
一群羊被赶上车，关进铁笼子里

它们即将走向另一个世界
可它们并不知道

载《西部》2021 年第 5 期

裸体课

灯光昏暗。眼前的女子
性情温柔，娇羞如露
贞洁和嘲讽，成为世界对立的两面

她躺在那儿，一动不动
如一件天然艺术品
她拥有女性的辽阔，也藏着
野兽和弱小。这浑然的表象
是那么客观真实，让人无处躲藏
就像月亮反复来到人间
抚慰着时间之美

一个下午，看透和被看透
拖曳着美梦的暗影，是何其虚幻
一块遮羞布横亘在欲望和现实之间
满含隐喻
从不说透

载《牡丹》2021 年第 11 期

凡·高的《星空》

低头，或者仰望。在这暴烈的色彩里
穷尽所有想象，都难以抵达

星子在湍流中飞旋，树木在静谧里疯长
村庄在变幻，如四季暮合

折叠疯狂。那些从梦里长出来的赞美
不再孤独，不管是向天，还是向地

载《牡丹》2021 年第 11 期

画静物

三个苹果，两颗红枣
躺在一块白布上，安静而优雅
“老师，你看那个苹果腐烂了。”
她跑过去
将苹果拿开。空出的位置
酸味弥漫

我坐在一旁给他们指导，迷上了
那些线条、构图
苹果、红枣在他们笔下
生硬有力
似像非像
充满了质感和温度

没错，事物的一体两面
在他们看来，都是那么自然而然

载《石油文学》2022 年第 1 期

自画像

我，破碎的、锋利的
我的一生，行走在玻璃碎片的利刃上
它闪着一道冷光，有时扭曲
有时鲜血淋漓
有时，需要重申出处——
玉米、土豆、稻谷……从泥土里长出
又在我的身体里消化、分解
好像，我就是泥土的样子
行走在人间
能壁立，亦能包容万物

唯独面对爱情，我是脆弱的
那么多碎片
怎么拼，也拼不出自己

载《绿风》2022 年第 2 期

莫奈与《干草堆》

深夜，品莫奈的《干草堆》
你有理由兴奋
或在无限可能中
扭曲，舒展，沉着，透明

在法国吉维尼
干草堆是动态的，也是静止的
是丰富的，也是单一的
他在一生之中
融入时节之变
背对星空，面对孤独。以光和影
描绘出人类的伊甸园

在这辽阔的情境里
自由，只是一种向内的闪耀

载《石油文学》2022 年第 1 期

画“闹闹”

“闹闹”已经走了
四年后门前的菜地，生长出青绿的词汇
像它遗留下的骨骼和身影
我拿起画笔，沉思良久
却不知从何处画起，感觉每一笔下去
都是虚无，包括
它的毛发、它的神态，以及静谧午后的慵懒……
现在，时间在它身边继续酝酿风暴
仿佛沉默的泥土，不经意间说出了秘密
那个夜晚，它趴在我身上
温暖而固执
把体内所有的黑暗都倾倒出来
与我交换了灵魂
不承想，自己也是余下的一部分
将要失去的一部分

秘而不宣

黄昏。一群斑鸠
陆续从不远处飞来，落在电线上
安静而生动

它们窃窃私语，谈论着
成熟的果实，以及命运的衰败
如果你在此经过
请放慢脚步。因为秋天
已经不起躁动，生命更倾向于泥土
秘而不宣——

即使是时间，即使是一首诗的
荒芜之美

载《绿风》2022 年第 2 期

写给几米

你很小，世界很大
你什么都喜欢，什么都好奇
无论做错什么，转身便忘了

很多时候
你想要赞美，却表达不出来
然后手舞足蹈，做鬼脸示意
这是多么奇妙的事
好像你所有的悲伤和难过都是短暂的
所有的快乐像风一样

在你的世界里，没有对与错
每个人都可以找到自己的那颗星
在大地上投下小小的光影

残　荷

残荷，带着枯萎的心
漂在湖面

阳光正烈。一群鱼儿聚集
把悲伤肢解

长智齿

二十八岁那年

长了智齿

疼了好多天

本想拔掉，但我害怕拔掉之后

我的生活

连“疼”都没有了

格格不入

那只乌鸦
沉默，黯然。我不知道它从何处飞来

第一次遇见，它在树上
第二次遇见，它在路边
第三次遇见，它从天空飞过……
无论哪一种场景
那抹黑
与这个世界
始终格格不入

突降一场雨

突然，天气就乱了方寸
等了一个春天的雨，不管不顾
下了起来
万物各安其序，渴疯了一样，点着头
把疼痛和孤独隐藏

随行的风水大师说：“这雨
不是什么稀罕事，扬沙之天
总有些见不得人的
要靠这点小雨来洁净。”

立　夏

坐在藤椅上的我
有一刻，思绪凝重。已经立夏了
生活仍没有起色
每天混沌度日，漫无目的
而门口的桃树，半年时间
已完成了开花、结果，与雨露交换了
身份。可我呢
置身于江湖，一次次摔跤、撞墙
遍体鳞伤——

但我坚信：痛着，醒着
也是一种结果
除了骨子里的，那一点点叛逆

清醒者

凌晨，万物睡去
灵感和深渊却能叫醒一个人
他在一首诗里，为这两种现象驻足
有时无边无际
有时深陷其中，不知那些
滚烫的词出自哪里，却都长满羽翼
带着你上天入地，搭建出
另一个国度，加冕你的证词
以及闪电、暴雨
和沉默

在那里，星星长出骨骼
在那里，身体燃烧的火焰，诞生于坟茔……

载《石油文学》2022 年第 1 期

听　雨

雨还在下。它一定从
另一个世界而来，一阵一阵
连着大地的苦难，和某个人的情思
窗外霓虹闪烁
我从未认真去辨认，这短暂的
呼应。好像那个区域
是再也走不进的区域
眼看着自己在生活中消融、分解
却无可奈何。亦如此刻，雨声如此神秘
如此虚无。会不会
与心痛关联
会不会与星空的昭示有关，才有了
此刻的淡然？原谅我吧
这个世界——
原谅我，在意念之外
再也听不懂雨声留下的悲切

载《远方诗刊》2022 年第 1 期

隔窗有耳

深夜两点，狂风大作
一棵梧桐敲打着窗户，发出不连贯的声音
我想，那是它的骨头吧
不停复制
和被复制
让迷恋的声响，探不到边界
让一些期待，遥遥无期……

在火葬场

在死亡面前不谈芳华
只谈余生

当一具尸体被推进焚尸炉，出来变成
骨灰。一种煎熬，一种消耗生命的
残酷方式
是否也参与了轮回
面对虚无，那些默契而
相似的悲伤
突然涌来……

闲暇日

整个下午，时间被搁置
我在房间打扫卫生，画画，清洗食材
然后静下来看书
或者浏览新闻，报道说
某某国家又发生战争，死伤五十三人
他们绿色单薄的戎装上
沾满血污与油渍。瞬间空洞的眼睛里
都是故乡和亲人

而窗外，世界正在生长
几只鸽子飞过
像带着伟大光芒，照彻万物

梦，或鱼的奔跑

不再追随于水。这么多年，神的预言
终于成真。秋天的鱼
迅速上岸，跟人类一样，停顿或奔跑

它们跟人类没有什么不同，从远古到现今
诸多事物，都不该被定义

当时间深陷于谜底，它们的瞳孔幽远而坚毅
它们穿过丛林、雪原、城市
奔跑出另一个世界。灵魂脱离肉体
与万物中和，找到生命变量的起源和因果
获得生存于世的本领

它们默默繁衍、生息，在主宰命运之前
需度化成佛

第五辑

无处安放

陌生的地名

翻开地图，看见那个地名
熟悉又陌生
那炽热的、永不停息的火焰
一直在心底燃烧
这么多年，他的梦
他的煎熬，在一道闪电中
得到了释放

光亮被放大。虚无之外
他还不忘：把她画得抽象一点
把时间写得慢一点
夜深人静时
再把她多爱一遍
直到想念和磕绊，都种在那里
开出一朵血花

载《牡丹》2021 年第 11 期

干枯的玫瑰花

如此安静。一朵干枯的玫瑰花
在书桌上像个沉思者
太阳从东绕到西，它依然不为所动

当黑暗来临
所有事物被苦涩笼罩
它也一样收起妖娆的姿态，回归本真

很难想象，一个人碰上想见的另一个人
会是怎样的情景
它会再次绽放吗？就像当初那样
休憩于枝头，猜想情侣的愿望
做爱情的见证者

仿佛时光的停留都与它有关
不开口，却说出了一切……

载《石油文学》2022 年第 1 期

在纳帕海，时间越走越慢

——致我的爱人

敬畏美好，我将自己
晾晒在阳台，看窗外风起云涌

那天，我们缠住七月的雨季
骑行在纳帕海，雨一会儿下，一会儿停
像设下迷局
几只乌鸦一路尾随，在我们周围跳跃
与抵达路基的海水，同处在一个节奏

花海越来越大。我们转入“几”字弯
一阵花香扑来。此刻
我只想捧上一束野花，捎带沾满露珠的言语
向你告白，让甜蜜中的幸福
在西南之南定格，欢喜

那时，我们已听不见天地的回音
时间被搁置，海水回到海里

穿着黑袍的乌鸦，被赋予神职
站在不远处，像在主持婚礼或诵读祷告
以纳帕海为背景

一个上午，我都在
厘清纳帕海、爱情、乌鸦的关系。你听
那份情愫正秘密生长，并结出誓言

我们紧紧拥抱，耗尽一生力气

曾经的白玉兰、菊花和鸢尾花
都是过客。七一街上
它们开一朵，谢一朵
风每次吹来，总会带走一些最轻薄的颜色

而街两边的古城墙
斑斓亦低调，那青灰色
像古时留下来的诗句，传诵很久后
现印杯上，聆听、妥协，并发出低沉的呜呜声

唯有九重葛，红到极致
一年四季，都心生叛逆
随夜灯在人群中狂欢，或颤抖
这使我迷醉，又让我看清了爱情的阴谋

那一年，在七一街遇见你
一千颗心脏，都为你供血

那一刻，世界静止

仿佛爱情，有一种摄取时光的能力

我们紧紧拥抱，耗尽一生力气

只有云知道

路过丽江，我就想
去玉龙雪山看看，那儿离云最近
时间与万象平行
你说：那些形似棉花糖的云朵
像禅定的梦境
自然，安静，对冷暖保持沉默

从虚无中进入事实
它们不过是飘浮之物，单纯又洁白
有颗透明的心
如果你走近它们，你会看见
它们眼含泪水，又有被忽略的哀伤

亦如那天，我们顺从天意
看见两朵飘浮的云
它们遥遥相望，却相认无期……

我在梦里爱过一个人

我在梦里爱过所有人，在这些人中
对有些人的爱已无意义
对有些人的爱依然清澈。而这种爱更接近
沙漠中一滴透明的水
秋天随风摇摆的芦花
是的，她临走时带走了它——
它是一面心酸的镜子，一面扭曲的镜子
以前盛放过清澈而动人的眼睛
在看他，在看她，在看它
它时常转换角色，如病痛一样困住我
虽然我知道，有个人一生
再也不会回来

心痛之时

当爱情覆灭。当身边的人
被癌细胞吞噬
留下干瘪的躯体，那触目惊心的
疼痛，已无处安放
时间在尝试辨认。它有着
异于常人的耐心，推着生活找到真理
才有了死亡和新生交替
才有了一个明亮的清晨
在时间的凹口
种下种子，注入雨水，等时间复活
也许是表述的太多了
仿佛一生的痛感都聚集于此
但我还是相信，每一个暗喻都是
另一个出口。日复一日
生出新绿、灿烂、星空、孤独
在我们坚硬的表面之下苏醒

载《伊犁河》2021 年第 2 期

生活的缺口

凌晨三点，灯光冗长
只有些许的
野猫野狗流浪街头，参与着人间的
爱与恨。每一次无辜喑哑
照亮了多少过往之人
又哀恸过几段恋情。细观它的
另一面，一寸一寸
都是对深渊的丈量。那天
我在此经过，见一女子靠着灯杆
突然大哭起来。这熟悉之境
在无助与绝望的时刻
形成了一个女人偏废的轮廓，都有其
自己的缘由和结尾
而抵达生活的缺口
那一刻，沉默覆盖沉默。我们
都置身其中……

载《伊犁河》2021 年第 2 期

半山坡小坐

上山路上，累了
就在一棵树下休憩，陪草木坐一会儿
聊聊生活、明天，抑或其他
或者，摘下很多野花
做成花环，戴在一块石头上
去奔赴一场约会。可它不知道
是先有了花事
还是先有了春心
雷声滚过，一路打着哑谜。仿佛爱情
只是幻觉，只是时间沙漏里的一个闪念……
哦，世界！请允许我再
小坐一会儿
——有个人，正从远方赶来

默契相守

关上窗。音乐一直单曲循环
我们谈起爱情
谈起四十年后的约定，谈起漂泊的云
为什么轻浮不定。危险的事
固然美丽。在这之前
请原谅一个男人写无用的诗
把仰望的地方当作你的归宿
作为疯魔，他更偏心于一些不完美的事物
比如流浪的猫狗、一片落叶
都有一扇虚掩或紧闭的门

掌握秘密的人，会懂未尽的部分
雪还在下。我们默契相拥
时间正在老去……

载《伊犁河》2021 年第 2 期

把秘密交给雪

望着窗外，没有人知道
在异域与异域之间，还暗藏着玄机
雪不停地下着。那彻底的白
最易让人想起远方，灵魂归根的路径
那天，雪落在你的窗台
交织、重叠，保持着透明的沉默
和柔软的恬静。一个人和另一个人
敬拜自由之灵，有了共同的秘密

雪夜茫茫。守护谜底像守护信仰
此后经年
我只为你，隐姓埋名……

宏泰坊

回望古老的时间
静谧的楼阁和风流往事
都是缓慢的

那神态，妖娆妩媚
那琴声，声声入耳，哀婉悠长
那故事，勾魂摄魄
如虚构中的影像，留下无尽问号

遗留的胭脂香还在，一抹笑里
一道从未愈合的伤口
曾经的家园和玫瑰
在老鸨冰冷的词调中失色、枯萎
而深藏于喉咙的怒火
终于在薄命红颜的放纵间亮出了立场

我看见投在灯光下的曼妙身影
灰暗，修长

布满了良知的裂隙

我看见那些沉默不语的妓女蜡像
以忠贞的名义
接受了宿命般的风雨

飘雪不答

马上立冬了
十一月的乌鲁木齐
被一场鹅毛大雪覆盖。所有事物变得
缄默、寂然。我也是——
走在红山公园
我并不担心明天会发生什么
也不会被当下的利欲诱惑
心生旁骛
几只麻雀，用古老方言
在路前方叽叽喳喳
像在密谋一场惊喜。可我
不懂它们。我只知道，时间隆起的痛处
无一不让人深刻：
所有的相遇，都是不期而遇
所有爱过的人，都变成了陌生人
我问飘雪
飘雪不答
只是簌簌地下，簌簌地下
覆盖了过去……

如果爱过

你走后，时间凝固又漫长
我坐在车里
望着寂静的夜空，星星一眨一眨
是柔情的回眸。我真的以为
你就在天上。于是
我化悲伤为动力，让这两个词
穿透我的胸膛，在心脏里爆炸

傍着半暗之光，那铜色的花朵
可摘吗？多年的爱
已失去形状。也许
你所斩获的，不过是青春弃置的色素与激情
清澈给了丈夫，火焰给了情人
留给自己的正在消化
夜深人静时，便会刮起风暴

一切归于透明。如果爱过
那就在美好的梦里继续遨游吧！那些

奇怪的星图

有着我们一世的预言

蓦然回首

今夜，雪是灰色的
疏于表达，游离于琐碎心事
逐渐消失殆尽

你知道吗？那幅关于雪的画
在这个春天，已长出新枝
我看见你睡在一朵花里
试图把天空倒过来
让殷红的泪，悬挂于深邃的星空
开得一览无余

多么美妙呀！遇见你依然是在大雪纷飞的夜晚
满天星子，深情闪烁
陈述着远方的思念和炽热

求　佛

在圣水寺，大雄殿人进人出
准备接受佛的洗礼

有的人，双膝跪地长久不起
有的人，双手合十默默祈祷
有的人，围着阿弥陀转圈
像在求一段情缘

而我，自你离开后
也爱上了求佛，并输掉了所有的野性
佛说，我可以求得一夏玫瑰
求得一场火焰
可是，我能求得你的一生吗

佛说，失去的爱情
犹如依米花，一生只开一次

和兄弟谈起一些话题

喝酒时，我们会用一晚上的时间
分享彼此的过往，青春和梦
那些丢失了的，不再被提起
只有酒精，带着我们共同的麻木和厌倦
说出那些默契
二十岁前，我们谈爱情，羞于启齿
三十岁前，我们谈女人，各自独立
四十岁的时候，我们谈婚姻
那么多牵绊，过着过着就消失了
现在，我们独享时间
重塑各自的心境，充满隐秘的狂喜

载《伊犁河》2021 年第 2 期

草戒指

如果思绪不再纠缠
如果沉默
可以代替那迷人的花园
如果我们都站在了时间之外
忘记了青春之痛

如果我们还爱着，你不曾消失
这枚草戒指
会不会永久呈现
那迷人的小欢喜、小悲伤

这几天

这几天扬沙漫天
这几天辗转反侧，夜不能寐
这几天我与一只猫对视
好像突然醒悟，明白了自己的
所有软弱和不安

这几天我在一张白纸上涂画
玫瑰枯萎了
心亦死——

在 Music①

在 Music，灯光让人晕眩
音乐令人亢奋
我们舞动着身姿，像魔鬼一样
不再受自己支配

这个秋天，爱情死了
疼痛不过是旧时光
现在，只有酒精知道
我在和另一个自己对话

① Music 为酒吧名。

南方下雪了

压在心底的石头终于放下
这源自一个消息：南方下雪了
你走在雪中
简单又纯粹

时间和事件，把两个互不相欠的人
安排到了一起
那时，我们都深信：
童话里的故事远大于现实

叙　旧

冒着飘雪，从一座城市
到另一座城市。我是来叙旧的

没有爱，没有酒，也无星光
——整座城市
一会儿就白了

◎《雪国》三部曲之一

雪国的约定

一

那天，雪下得不紧不慢
我们手牵手走在雪地里，望着远方
沉默不语。突然
一只麻雀飞来，落在一片空白里
左顾右盼，修正着时间的错误

那晚，麻雀又飞到了窗台
披着雪的颜色，装饰着深冬的梦
但我们已熟睡。流泻的时间
把我们带入了另一个维度：仿佛那个地方
可以安放爱，可以奔跑……

但你说：我们还不能靠岸
沿途还有风景，有更多的人在下一个渡口

等我。而后，你消失于梦中
只留下三十年后的箴言：若那时再相遇
就用之前的错误，触及因果
用整个后半生回想、衰老、死亡

二

梦醒后，一切安静如初
可你却在我的世界里，消失得无影无踪
我走进虚化的人群中
按住一些明亮的词，按住洇开的声音
等深入骨髓的疼痛分娩

回望身后，暗影交叠
我沿着季节的页眉
奔向你的方向，天山、戈壁、河流……

在后视镜里，越退越远
如大赦有罪的光阴

这时，一些云团在不远处安顿下来
指引着我，像因共同属性
而获得了一致的安全感。遗忘与记忆
正用自渡，搭建两个人的辽阔
并越来越近，魂牵梦绕

三

抵达的目的地，恰是那团云栖息的地方
我走过美食街、湖滨小区、巴里坤湖……
走过你走过的孤独
最后，来到了城南的巴掌山
砍树造房，吟诗作画

安放那份爱，备足充分的平仄

一天一天过去了，没有人知道
我与雪之间还暗藏玄机
不是不离，而是不弃。在一幅画中
我画着无尽的白，却不知如何收尾

直到一天，一位陌生女子出现
她斜倚着空间的纵深
走进一场白里，深刻地复活和回眸
留下深浅不一的注脚，隐于画中……

◎《雪国》三部曲之二

孤独地绽放

一

孤独的暗香，从冬天深处透迤而来
满坡的芨芨草，随风舞动
在这薄情的世界
沉默得，只剩下
通透的躯干，隐忍、热烈而紧张

我走在雪原中，跟它一样
目力所及之处，皆是通透的
我不知道这世间，还有多少地方
可以安放灵魂。在某个地方
握住仅存的温度和欢愉的情感

二

把心紧闭。有多少日子可以温暖闲适地虚度
有多少人可以把心敞开
有多少词汇可以填充想象
在现实与虚拟之间
对着某种暗示，窃窃私语

莫钦乌拉山，蒙语之意为熨帖苍凉
除了山中生灵
它的伟岸、浩瀚、高远，只对
滚滚红尘中欲望的雪国小城留出空无
孤独淹没了她，梦境淹没了他

三

时间停滞。写诗和思考一样多余
时间掩埋身影，每分每秒
播放着旋转的星空和逆行的画面
在不断交叠中，如一滴泪
隐入雪原，沉浸在自己的世界

听音乐，听《霍乱时期的爱情》
每个故事，娓娓道来
在隐匿的空间，斜倚着时间的纵深
孤独地复活和流动

没有人知道，碰撞的秘密一直在那里
把梦境交给梦境
让它孤独绽放吧
九年，三十年，抑或更长……

◎《雪国》三部曲之三

无声的等待

一

夜已深。烟一根接一根
直到剩下虚无，剩下更大的宇宙
也许，那双脚印还在
在雪原深处，高悬幸福，放弃痛苦

而野花凝聚在一片空白里，释放暗香
我的眼眸，第一次
拥有这么多沉重的星子，在心上
住着无数灵魂，唯独你
被众多星子照耀，泛着迷人的光芒

二

在雪原之上，在怀旧之下

我早已习惯，把这个场景虚拟成现实
并且感受到事物的脉象
对某人说：我已经死了
只剩下另一个我，依然活在雪国梦里

我知道我是梦境里活着的一部分
释放友情、爱情和灵魂
可我错误地把时间托付给未来
而用提前丢失的描述，寄放躯体与魂魄

多么无助，多么偏执
无数个夜晚就这样消失了，醒着的，睡去的
混在一起。电话不再响
微信不再闪动，一切都停止了

三

现在，巴掌山变成了三十二岁的高度
四十一岁的远方。曾经的
灵魂画作，早就托付给了生死
现在它是我最长的沉默

望着这座小城
暮色无言，落日描绘出青山的苍茫
狭窄的光阴不曾老去
像一个人耗尽半生，终于觅得空门

这就是宿命吗？她一定知道
三十年后的约定，她七十一岁，他六十二岁
纵然是无声的等待
他也愿意，为她守候一辈子
直到雪国复活，时间停止……